EL VAIXELL DE VAPOR

El lladre d'ombres

Jaume Cela

Il·lustracions de Lluïsot

cruïlla

Primera edició: abril de 1989
Quinzena edició: febrer de 2007

Direcció literària: Montse Ingla Mas
Il·lustracions i coberta: Lluïsot

Comercialitza: CESMA, SA

ISBN: 978-84-7629-325-6
DL: M-6.251-2007
Imprès a Espanya / *Printed in Spain*
Impremta Gohegraf Industrias Gráficas, S.L.

Als meus pares.
A Lluís T.

1

EL QUE LI VA OCÓRRER al senyor Turell no acostuma a passar cada dia. Ell, un home meticulós i primmirat com n'hi ha pocs, que gairebé mai no trencava la seva rutina i... PATAPAF, havia perdut o li havien robat l'ombra, vés a saber.

Aquella tarda feia un sol espaterrant. Tothom suava la cansalada. I el senyor Turell, després de prendre un bon bany d'aigua freda, va decidir sortir a estirar les cames fins al port per rebre una mica de ventet del mar i refrescar-se una estona.

Seuria a la terrassa d'un bar, a l'aire lliure, demanaria un refresc i després, quan la lluna lluís al cel com un formatge, aturaria un taxi i, cap a casa falta gent!, se n'aniria a sopar i a llegir alguna novel·la d'aventures. I en acabat a dormir, que l'endemà seria un altre dia.

Dit i fet. Així que es va haver banyat, es va posar el seu elegant vestit d'estiu i tot xano-xano va adreçar els seus passos Rambla avall.

Els carrers eren plens de gent que passejava amunt i avall o que s'aturava per comprarse un geladot de quatre boles o per beure's un granissat de llimona mentre contemplaven una colla que feien un número de circ.

Ell va arribar al moll i va estar-se una bella estona examinant l'aigua del port, que més que un tros de mar semblava una bassa d'oli.

Les gavines xisclaven esvalotades i algunes es capbussaven per veure si atrapaven algun peixot despistat que tragués el morro de l'aigua.

Quan va començar a notar cansament, va escollir un bar tranquil, s'hi va asseure i fa fixar la mirada en un vaixell que lliscava lentament just per damunt de la corda de l'horitzó.

La seva ombra l'acompanyava, com sempre, i imitava tots els seus moviments com si fos una mona d'aquelles que ho copien tot.

El cambrer semblava que no tenia pressa i no es decidia a sortir del bar per saber què volia el senyor Turell. Ell, quan se li va acabar la paciència —ja li feien mal els dits de tant fer allò que fem amb ells quan volem cridar l'atenció d'un cambrer—, es va aixecar

de la cadira i, ben decidit, va encaminar-se cap al taulell del bar.

Amb un pèl d'ironia va dir:

—Si no li sap greu, senyor cambrer, voldria un refresc. I m'agradaria poder-me'l beure abans de mitjanit. Si no li han de caure els anells, me'l podria servir?

El cambrer, que no estava per gaires orgues, li va dir que en aquesta vida tot arribava i que les tortugues vivien molts anys perquè anaven a poc a poc i tenien molta paciència.

El senyor Turell, que sempre ha estat un home de pau, va girar cua i se'n va tornar cap al seu seient.

Just quan anava a seure i mentre es treia el mocador de la butxaca per eixugar-se la suor que li regalimava per entre els plecs del coll, es va adonar que no portava a sobre la seva ombra.

—Òndia! —va exclamar, i va fer el gest instintiu de posar-se les mans a les butxaques dels pantalons i de l'americana com si hagués perdut la cartera.

Va començar a mirar per terra, però tot va ser inútil. No hi havia ni l'ombra de la seva ombra.

Va tornar amb passos ràpids cap al taulell del bar i, quan el cambrer el va veure venir, va posar-se a cridar:

—Ja li ho porto, home, ja li porto el que m'ha demanat! Segui tranquil!

El senyor Turell li va dir:

—No s'amoïni, bon home, que m'ha passat la set de cop. Fixi-s'hi bé, no em veu res d'estrany?

El cambrer va començar a pensar que se les havia amb un tocat del bolet i es va enretirar una mica mentre deixava la safata damunt d'una tauleta.

—No, em sembla que no —va contestar mirant-se'l de dalt a baix. I va continuar—: Si li he de ser sincer, trobo que porta un bigotet una mica ridícul, però fora d'aquest detall no veig res d'anormal en vostè.

—Deixi en pau el meu bigoti. És un record del meu pare, que al cel sigui. I la meva ombra, on coi ha anat a parar? —es va exclamar el senyor Turell, fent un petit gest d'enuig pel comentari del cambrer respecte al seu esquifit bigoti.

—Ara que ho diu, sí que és veritat. Què n'ha fet, de la seva ombra? —va preguntar el cambrer.

El senyor Turell, que havia vist moltes pel·lícules de lladres i policies, no s'ho va pensar dues vegades i va engegar amb contundència:

—Aquí, senyor meu, les preguntes les faig jo.

El cambrer, a qui ja li començava a pujar la mosca al nas i que havia vist moltes pel·lícules de l'Oest, es va posar les mans als costats com si portés dos revòlvers a punt de sortir de les fundes.

—Escolti'm, bon home, en el meu local mai han robat res als meus clients. O sigui que vigili el que diu, si no vol acabar nedant com una granota.

El senyor Turell no esperava aquesta resposta tan geniüda i va moderar el to de veu:

—Jo no he dit que me l'hagin robat, sinó que li he demanat si havia vist la meva ombra, perquè estic segur que quan he arribat al seu bar la portava ben encolada als peus.

El cambrer, que en el fons era una bona persona, va moderar també l'estil de les seves respostes i tots dos van refer els moviments del senyor Turell per veure si trobaven l'ombra. Després van mirar per sota de totes les taules; fins i tot van regirar per entre les caixes de begudes, no fos cas que l'ombra s'hagués quedat enganxada en algun racó. Tot va ser inútil.

El senyor Turell, una mica espantat i sorprès per l'insòlit fenomen que vivia, va agrair al cambrer l'ajuda que li havia donat.

—Estigui tranquil, senyor. Potser l'ombra ha anat a fer un tomb i tornarà d'aquí a una estoneta.

El senyor Turell li va donar una targeta amb al seva adreça, per si de cas es confirmava aquesta possibilitat.

—No ho crec pas, que hagi fugit. Sempre ha estat una bona ombra, mai m'ha donat cap disgust. Però, si torna, no s'oblidi d'avisar-me. Gràcies per tot.

I se'n va anar, amb el cap cot, cap a casa seva.

Mentrestant, un home que vestia tot ell de negre, portava una maleta mal tancada. Per una escletxa en penjava un tros d'ombra del senyor Turell.

2

MENTRE CAMINAVA cap a casa seva, el senyor Turell mirava totes les ombres i procurava no trepitjar-ne cap, perquè, des que la seva havia desaparegut misteriosament, pensava que potser tenien vida i que podien arribar a ser independents. Per tant, ell, que gastava un quaranta-sis de sabates, havia de vigilar per no posar les seves llesques damunt d'alguna ombra, no fos cas que li aixafés el nas o la panxa.

Anava tan capficat que no es va adonar que posava un dels seus «peuets» damunt d'una tova de gos.

—Quina mala sort que tinc, avui! Només em faltava aquesta! —pensava el pobre senyor Turell.

Va buscar un tros de paper per netejar-se i va ensopegar amb un full de diari.

—Mira que si em veu algú de l'oficina! —es va dir el senyor Turell posant-se vermell com un semàfor.

Quan va agafar el tros de diari, els seus ulls hi van llegir un anunci que li va cridar l'atenció:

NARCÍS PI I PI
Detectiu privat
Especialitzat a trobar tot allò que
ningú no sospita que mai s'arribi a
perdre o li puguin robar.
Preus mòdics
(no ens barallarem per això).
c/ Còrsega, 271, pral.
BARCELONA

Mentre llegia l'anunci, li va venir a la memòria que el detectiu Pi i Pi era qui havia atrapat els lladres del mar de Begur. Un matí, els que mig despullats se n'anaven a remullar-se a les cales de Begur es van trobar que algú els havia pispat el mar. Els de la policia no se'n sabien avenir i anaven perdudíssims. El detectiu Pi va trobar el desllorigador d'aquell misteri després de reflexionar-hi un parell d'hores. Va llegir la llista dels vaixells de càrrega que navegaven per aquelles aigües i va trobar-ne un que transportava moltes tones de paper assecant. Va comunicar la seva intuïció a la policia de la costa, que va fer aturar el vaixell quan encara era dins de les nostres aigües. Uns centímetres més i no el pesquen. Un milionari nord-americà, que tenia mig desert d'Arizona per a ell sol, havia decidit escurar el mar d'aquí i emportar-se'l cap a la seva terra, perquè estava fart de tanta sequera. Van tardar tres mesos llargs a escórrer els assecants, però el lladregot es va quedar amb un pam de nas i amb un vestit de ratlles per deu anys i un dia.

Aquest cas va fer famós el detectiu Pi i Pi.

També va ser ell qui va trobar el dit de Colom, que un aviador mig ximple havia escapçat a ple dia. Sense dit, els avions que volaven cap a Amèrica s'equivocaven, perquè no sabien cap on havien d'anar. Els veïns de Barcelona estaven fastiguejats de tant soroll d'avions volant sense solta ni volta. El detectiu Pi va resoldre aquest misteri quan va saber que un aviador tenia els forats del nas molt més grossos del que és normal. Es veu que aquest home, que sempre anava mig begut, es posava el dit de Colom als forats del nas i se'ls feia com uns cràters de la Lluna.

El senyor Turell va retallar l'anunci i amb la resta del full ja us podeu imaginar el que va fer.

I, sense pensar-s'ho dues vegades, s'encaminà cap a casa del famós detectiu.

3

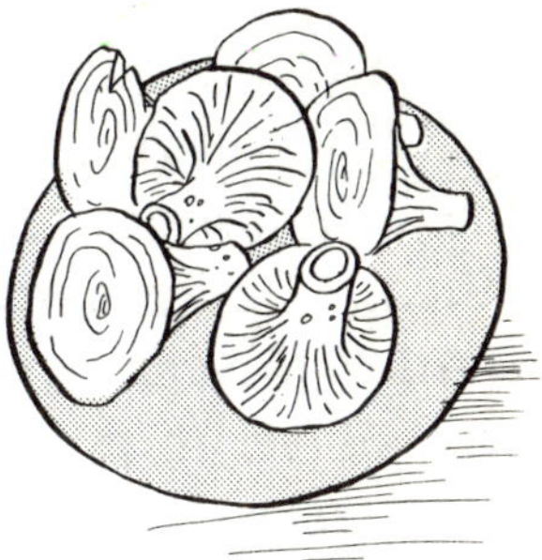

EL DETECTIU PI estava endrapant un plat de rovellons a la brasa.

No n'era el temps, però ell coneixia un lloc, desconegut de tothom, on tot l'any se'n feien i, cada cop que la feina li deixava unes hores de lleure, el detectiu s'hi encaminava i collia un bé de Déu de rovellons i, apa, cap a la panxa.

El timbre de la porta va sonar amb insistència just quan estava a punt de clavar la forquilla en el rovelló més gros. El detectiu es va eixugar els llavis amb un tovalló gran com un mocador de fer farcells i va anar a obrir la porta.

Vosaltres us deveu pensar que qui pitjava el timbre era el senyor Turell; doncs no, no era ell. Era el fill de la portera, que volia recollir les escombraries. Les hi va donar i va tancar la porta una mica empipat per la interrupció. Si hi havia alguna cosa que el posés de mal humor era que li trenquessin el ritme del sopar.

Encara no havia tingut temps de posar el cul a la cadira que va tornar a sonar el timbre.

El detectiu va deixar anar dos o tres renecs que no puc escriure, perquè jo sóc molt ben educat, i va tornar a obrir al porta.

Aquesta vegada era la veïna de dalt, que necessitava un grapadet de sal.

El tercer que va gosar interrompre el sopar del detectiu era un venedor d'estufes. Quina pensada més bèstia, vendre estufes a ple estiu!

El quart va ser un senyor de Hawaii que li portava propaganda d'una acadèmia on ensenyaven aeròbic.

El cinquè era un afinador de pianos. Llàstima que ell no tenia piano, perquè l'hi hauria tirat pel cap.

El sisè era un empleat municipal que li portava els papers per fer la mili. Però ell tenia els peus plans i feia molt de temps que ja havia complert amb la pàtria.

El setè era el cap de l'empleat municipal d'abans, que venia a demanar-li excuses per l'error en el cens municipal.

La vuitena era una senyora que demanava per la mestressa de la casa per vendre-li un sabó que treia les taques fins i tot dels tigres. Portava un tigre esblanqueït, com el Floquet de Neu, per poder fer l'exhibició del producte. Amb aquesta visita, el detectiu no s'hi va enfadar ni poc ni gens, no fos cas que el tigre li clavés una queixalada al final de l'esquena.

El novè era un home amb moltes plomes al cap que volia encolomar-li unes plantes carnívores, que, segons deia, estaven domesticades. N'hi havia de dues menes. Unes estaven especialitzades a tallar els cabells i les altres retallaven les ungles dels peus o de les mans com si fossin tisoretes perfectes.

El que feia deu era un anglès que buscava un *bed and breakfast*... (una casa particular d'aquestes on ofereixen llit i esmorzar), i el detectiu, amb gestos, li va haver d'explicar que dormia sol des de ben petit.

El que feia onze era tot un equip de futbol, que volien trobar l'àrbitre que els havia fet perdre la lliga xiulant un penal inexistent, per «felicitar-lo». Alguns portaven guants de boxa.

El dotzè visitant era un repartidor de paneres de Nadal que encara buscava un client de l'any anterior que no havia trobat enlloc. Aquesta visita li va empudegar l'entrada, perquè el pernil estava tot florit.

I, quan de nou va sonar el timbre, el detectiu Pi va treure's el cinturó dels pantalons disposat a repartir llenya.

I aquesta vegada, la que feia tretze, era el senyor Turell, que, quan va veure aquell tros d'home amb cara de buldog afamat i amb els pantalons mig abaixats, va caure a terra com si hagués rebut un cop de pilota al mig del front.

Com va poder, mig arrossegant-lo, mig aguantant-se els pantalons, el va fer entrar. Déu n'hi do, com pesava! I això que no tenia l'ombra enganxada als peus.

A la fi, va aconseguir ajeure'l damunt del sofà.

—Coi, coi, coi —va exclamar el detectiu Pi—. Només em faltava aquesta. Apa, animi's. —I li donava bufetadetes a la cara i la hi esquitxava amb aigua mineral sense gas.

Al cap d'una estona, el senyor Turell es va revifar i va retornar al món dels vius. El detectiu Pi, que ja s'havia posat el cinturó, va respirar tranquil.

Li va oferir una culleradeta d'aigua del Carme i el senyor Turell li va dir que s'estimava més menjar-se uns quants rovellons, perquè ell també era un bon boletaire.

Aquest detall va fer que el detectiu Pi se'l mirés amb més simpatia. «Un home», pensava, «que estima els bolets no pot ser un qualsevol».

4

—SENYOR TURELL, m'haurà de perdonar, però tretze interrupcions és més del que un home geniüt com jo pot suportar. I, si hi afegim que intento, des de fa molta estona, menjar-me aquests rovellons, ja es pot imaginar que em trobo davant d'una situació límit.

—Me'n faig càrrec, senyor Pi —va dir el senyor Turell mentre es burxava les dents perquè hi tenia enganxat un tros de bolet. I va continuar—: Vostè es deu preguntar, i amb tota la raó, quin és el motiu de la meva inesperada visita. Cregui'm, senyor Pi, que tinc un problema ben insòlit, que m'ha empès a fer aquest pas...

—Bé, bé —va tallar el senyor Pi—. Ja m'imagino que alguna cosa li deu fer nosa a la sabata.

—Oh, no, perdoni, però no m'ha entès. Amb la sabata he trepitjat unes restes intestinals de gos, però no em fan gens de mal, cregui'm, el meu sabater és un expert i em fa les sabates a mida. Tinc durícies, peus d'atleta i algun ull de poll i necessito uns models especials. Espero que cap mena de mala olor...

El detectiu Pi va fer uns ulls com unes taronges i va intervenir amb una certa decisió:

—Escolti'm, senyor Turell, jo he parlat de les sabates fent un joc de paraules. Volia dir que quan algú decideix visitar-me és perquè té algun problema i espera que jo l'hi pugui resoldre.

—Ah, ara el comprenc. És que jo m'havia pensat que vostè es referia a les meves sabates. Doncs, tornant al que deia, senyor Pi, estic en un mal pas, estic ficat en una situació que m'ha deixat bocabadat i no sé què pensar. Estic convençut que es tracta d'un assumpte important, perquè, si no, no hauria gosat interrompre el seu sopar, tot i que desconeixia el detall que vostè estigués sopant a aquestes hores. A mi m'agrada sempre repetir-me que el temps és or i que no podem perdre'l, i menys en els temps que corren. Sí, sí, el temps és or i no podem malbaratar-lo. Ni un segon podem desaprofitar. Oi que tinc raó? Cada instant s'ha d'esprémer en benefici propi i en el de tota la humanitat... Tal com ho sent.

«Òndia», pensava el detectiu, «aquest tio és un llauna».

—Bé, bé, li agrairia que anés directament al gra —el va tornar a interrompre.

—Oh, senyor Pi, vostè és un amant de les bromes. Ara vol que pensi que el meu problema té alguna relació amb el menjar dels periquitos, oi? Per això diu que «vagi al gra». Però aquesta vegada he entès el doble significat de l'expressió, d'aquesta expressió tan detectivesca. Aniré al gra, no s'impacienti.

—Doncs au, fem via.

I, un cop dit això de la «via», el detectiu es va mossegar la llengua, perquè es temia una nova explicació, aquesta vegada sobre l'estat de les autopistes, les carreteres i els camins veïnals.

—Senyor Pi, aquesta tarda he sortit, com faig molt sovint, a fer un tomb. M'agrada passejar tot xano-xano i, quan les cames em comencen a fer figa... L'edat no perdona, oi, senyor Pi? Vostè deu tenir la meva edat i ja sap de què li parlo... Doncs, quan m'he sentit cansat, m'he aturat en un bar prop del moll per prendre un refresc. Res d'alcohol, per això. L'alcohol, senyor Pi, fa malbé l'estómac, ataca ferotgement el fetge. Tenia un amic que va morir dominat per terribles convulsions, provocades per la beguda i pel tabac, un bon home que no va saber dir prou...

—Jo sí que sé dir prou. Prou, senyor Turell, deixi reposar en pau el seu amic i expliqui'm què punyeta li passa.

El detectiu començava a posar les mans de tal manera que semblava somiar que l'escanyava.

—D'acord, d'acord, senyor Pi. Doncs continuo. He demanat un refresc al cambrer que, per cert, no estava gens ni mica per la feina. És espantós, em passa el mateix quan vaig al forn a comprar-me la barreta de pa. Les dependentes xerren i xerren i els clients acabem amb barba, i elles com si plogués. No plou, eh, no es pensi.

Les mans del detectiu estaven vermelles com pebrots de tan fort que les tancava. El senyor Turell continuava:

—Jo que, com que veig que no em fa cas, m'aixeco d'una revolada i n'hi dic un parell de fresques. Sóc un home pacífic, però m'agrada fer-me respectar, no es pensi. Ell intenta disculpar el que no té cap disculpa. I quan me'n torno al meu seient, pataplaf, m'adono que...

I el senyor Turell va abaixar la veu i es va acostar a l'orella del detectiu, com si les parets poguessin sentir-lo.

—M'han robat l'ombra.

—Cridi una mica més, que no el sento. Què diu que li han robat?

—Puc alçar més la veu, senyor Pi? N'està ben segur? —va preguntar el senyor Turell tapant-se la boca amb la mà.

I, amb un cop de veu que eixordava, el senyor Pi va exclamar:

—Que sí, repunyeta, pot parlar normal, que estem sols!

—Senyor Pi, m'han robat l'ombra. Sóc un home sense ombra i estic ben espantat, cregui'm.

—Gràcies a Déu! Ara ja sé què li ha passat. Evidentment, és un fet estrany, però tot té una explicació i la meva feina consisteix a trobar-la.

—Faci el que cregui convenient. No cal que li digui que pagaré el que em demani. Sóc un home generós...

—I més coses és, vostè —va insinuar en veu baixa el detectiu.

—Com diu? —va preguntar el senyor Turell.

—No res. Parlava amb mi mateix.

El detectiu va rascar-se la barbeta i el seu cervell va començar a funcionar com la màquina més perfecta del món.

—Com li anava dient, sóc un home generós i em guanyo molt bé la vida. Per altra banda, tot m'ho he fet jo. Ja vaig començar de petit a guanyar-me les garrofes. Sempre he estat un home treballador i estalviador...

—Sisplau, senyor Turell, reposi una mica. Ara el millor que pot fer és deixar-me treballar a mi. Doni'm la seva adreça i, abans d'una setmana, li prometo que vostè haurà recuperat la seva ombra i jo la meva tranquil·litat. És clar que potser l'ombra ha pres la determinació de canviar de propietari. Podria ser que hagués decidit, per exemple, escampar la boira per algun motiu que ignorem.

El detectiu pensava que, tractant-se d'un home tan pesat com el senyor Turell, l'ombra podia haver-se'n atipat. Tota la vida al costat d'aquell plom d'home no devia ser una perspectiva gaire agradable.

—Magnífic, senyor Pi. M'omple de felicitat la seva seguretat. Vostè em recorda un amic meu que no veig des de fa molt de temps i que era molt decidit. Cap obstacle el feia tornar enrere.

I un cop dit això es va treure la cartera i li va donar un bitllet de deu mil pessetes i una targeta.

El detectiu Pi va aprofitar l'ocasió per anar-lo empenyent suament cap a la porta i, així que va ser fora, va tancar-la i va girar la clau tres vegades.

No fos cas, creia el detectiu Pi, que s'hi repensés i tornés per explicar-li el seu laboriós naixement.

Mentre feia una pipa, el seu cap barrinava possibles explicacions que aclarissin aquella misteriosa desaparició.

5

EL DETECTIU PI tenia un mètode d'investigació per resoldre els casos que se li presentaven que no li havia fallat mai. Abans de pensar que hi podia haver un delicte, calia anul·lar les possibilitats que es tractés d'una simple pèrdua.

El primer pas que faria seria anar a les oficines d'objectes perduts i preguntar si algú hi havia dipositat alguna ombra. Una vegada una marquesa li havia encarregat que recuperés les seves dents postisses. Va resoldre el cas en un tres i no res. Les dents de la insigne senyora havien decidit fúmer el camp, perquè estaven fartes de viure dins la boca d'una dona que no se la rentava mai. Quan es van atipar de tanta brutícia, van fugir d'aquell cau com si fossin conills davant del gos caçador. Van aturar-se a l'ampit d'una finestra que donava al Tibidabo. No havien vist mai aquella muntanya il·luminada pel sol tardorenc. L'espectacle les va deixar meravellades i no van oferir cap resistència a l'home que les va trobar i les va portar al dipòsit municipal d'objectes perduts.

El detectiu Pi, quan les va recuperar, les va retornar a la seva propietària acompanyades d'un tubet de pastilles efervescents d'aquelles que mantenen les dents postisses més blanques que un vestit de núvia de les d'abans.

A les oficines d'objectes perduts ja el coneixien. Quan el va veure arribar, l'empleat el va saludar molt afectuosament:

—Bon dia i bona hora, senyor Pi. Una altra feineta de les seves?

—Sí, Gonzàlez, sí. I que duri.

—Què és, aquesta vegada? —va preguntar en Gonzàlez.

El detectiu es va treure el barret i amb un mocador es va eixugar la suor que li regalimava pel front i per les galtes.

—Vinc a veure si algú els ha portat una ombra.

—Característiques?

—Home, metre setanta, vuitanta quilets ben bons, peus de dos pams. Molt xerraire.

En Gonzàlez va fullejar una llibreta i va dir:

—Em sembla que no. Tenim una ombra d'una damisel·la amb paraigua inclòs. Jo em penso que es tracta de l'ombra de la Dama del Paraigua, aquella escultura tan bonica que hi ha dins del zoològic. Però ningú l'ha reclamat i aquí la tenim, morta de fàstic, pobra ombra. També tinc anotada l'ombra d'un capità general amb bigotis de trenta centímetres per cada costat, canó incorporat i barret de gala. Em sembla que res més. Aquests dies ens arriben coses molt curioses i que ningú sembla que hagi perdut, perquè no les reclamen. Dins d'aquest armari hi ha un fantasma del segle disset, molt ben conservat, educadíssim, però molt avorrit perquè ja no espanta ni les mosques. També hi ha un mocador ple de mocs, mil tres-centes sabates desaparellades, una família de japonesos disfressats de llimones i dues dotzenes d'ous. Si en surten els pollets, no sé com ens ho farem, perquè fan molt xivarri.

—Bé, Gonzàlez, no m'ha resultat cap ajuda, aquesta visiteta. Però estic content d'haver-lo saludat. Veig que s'ha engreixat.

—A vostè no se li escapa res, eh, senyor Pi?

—Home, és la meva feina. Li deixo la meva targeta. Faci el favor de telefonar-me si algú li porta una ombra que coincideixi amb la descripció que li he donat.

—Vagi tranquil, senyor Pi.

—Molt amable, Gonzàlez, molt amable. Espero tornar-lo a veure aviat.

—Bon dia, senyor Pi.

Quan el detectiu va sortir de les oficines d'objectes perduts plovia a bots i barrals. Hi va tornar a entrar.

—Gonzàlez, això és el diluvi. Que li faria res mirar si té algun paraigua per deixar-me? Ja l'hi tornaré així que pugui.

—I tant, senyor Pi, només faltaria! Però no s'amoïni per tornar-me'l. Quan no l'hagi de menester, el pot deixar abandonat a qualsevol banc. Algú altre me'l farà arribar.

Mentre feia camí cap a casa seva, el detectiu es preguntava, estranyat, com hi podia haver gent que deixés com un drap brut els empleats municipals.

Plovia tant que tots els semàfors feien l'ullet alhora.

Un cotxe negre com la nit va trepitjar un bassal d'aigua i va remullar els pantalons del senyor Pi. El conductor anava vestit de negre i portava les ombres de cinc-centes gallines que havia robat d'una granja del Maresme.

B-1313-V

6

EFECTIVAMENT, el misteriós home de negre havia aprofitat que en un poblet de la costa del Maresme celebraven la festa major.

El poble bullia de gent que anava amunt i avall. Les terrasses dels bars eren plenes de gom a gom.

En una de les platges hi havien instal·lat una gran roda plena de cistelles que volien fer pessigolles al cel, i tres o quatre cavallets que giraven i giraven al ritme de l'últim èxit musical de l'estiu: *Anem-nos a remullar els peus*, d'un grup moderníssim anomenat «Els Poca-soltes que no Fem Règim», el més primet dels quals pesava vora els cent vint quilos.

Els grans provaven la seva punteria a les casetes de tir i quan encertaven els regalaven una nina horrible o un cendrer espantós.

Al costat de les casetes de tir hi havia la parada de les patates fregides i dels xurros calents. Un grup de saltimbanquis feien salts i tombarelles per la sorra de la platja, mentre un faquir s'empassava una llengua de foc que després escopia socarrimant els més badocs. Una dona llançava punyals a una fusta on hi havia un home que gairebé ni respirava per por de quedar com un colador. Els punyals dibuixaven la seva silueta una mica tremolosa. La gent s'ho mirava en silenci, perquè perillava la vida de l'artista.

Una altra dona convidava a crits a entrar en una tenda de campanya on s'amagava un vell gitano que per deu durets deia la bonaventura.

Més enllà, un estol de nens i nenes feien curses de sacs o lluites amb xanques o trencaven l'olla.

A l'entrada del passeig marítim, farcit de petites barques que dormien bressolades per les ones juganeres, una cobla tocava una sardana i una dotzena, com a mínim, de rotlla-

nes marcaven la dansa mentre una colla de nens jugaven a atrapar-se per entremig dels dansaires.

El misteriós home de negre va aparcar el cotxe en el primer forat que va trobar i va carregar-se a l'esquena un sac també negre.

Tot i la pinta que feia, no va cridar l'atenció de ningú, llevat d'una nena molt menuda que llepava un gelat de maduixa més gros que ella i que quan el va veure es va posar a plorar mentre cridava:

—Mare, l'home del sac, l'home del sac!

Quan la mare es va tombar, el senyor de negre havia desaparegut carrer amunt.

La granja estava situada just al final del poble. A mesura que s'allunyava de la línia del mar, el silenci s'imposava. El soroll de la festa arribava com si una sordina filtrés el so de les músiques i el xivarri de la canalla.

Quan l'home de negre va arribar a l'entrada de l'enorme galliner, va trencar el vidre d'una de les finestres i va passar-hi la mà per poder obrir la porta.

Quan va ser dins, les gallines van començar a inquietar-se. Anaven d'una banda a l'altra com si haguessin vist una fura famolenca. Ell es va treure una mena de trompeteta acabada en un saquet de goma i es va acostar a les ombres de les gallines tot prement l'aparell. Cada ombra se separava de la seva mestressa, entrava de ple al forat de la trompeteta i acabava desapareixent en el cul del sac.

Més de mitja hora va trigar a robar totes les ombres.

Les gallines feien un escàndol de mil dimonis, però ningú no les sentia perquè estaven de xerinola, llevat del gos de la granja, que va quedar afònic de tan fort que bordava. Quan el sac va estar ben ple, l'home se'l va carregar a l'esquena i va tornar cap al cotxe.

Pel camí, no es va topar ni amb una ànima. Tothom era a la plaça major escoltant el discurs del senyor alcalde. Es va ficar al cotxe, va pitjar l'accelerador i, més de pressa que corrents, va enfilar cap a Barcelona.

Les gallines van estar més d'una setmana que no van pondre cap ou. Ensurts com aquest són difícils d'oblidar, i més quan ets una gallina.

7

MENTRE EL DETECTIU cuinava una truita de patates i el senyor Turell passejava com una pantera engabiada pel menjador de casa seva, el misteriós home de negre treia l'ombra d'aquest últim de la maleta, la desplegava i la lligava al costat de l'ombra d'un edifici de tres pisos, de la d'un elefant i d'una altra que semblava la d'un xiprer d'un cementiri i no parava de rondinar. Després encara havia de descarregar les ombres de les gallines. Tenia una bona feinada, abans de poder reposar.

Per a què la devia voler, l'home de negre, aquella col·lecció d'ombres?

Després de la visita a les oficines d'objectes perduts, el detectiu Pi començava a pensar que no es tractava d'una pèrdua sinó d'un robatori. El seu nas d'investigador li feia pessigolles i això era un senyal inequívoc que les seves cabòries anaven pel bon camí.

8

EL SENYOR TURELL estava molt empipat. Un home com ell, empleat en una caixa d'estalvis, no podia anar pel món sense la seva fosca companya. Era com si anés despullat. Només gosava sortir a estirar les cames quan es feia fosc. Per evitar que els companys de la feina s'adonessin que no duia a sobre la seva ombra, arribava a l'oficina abans que sortís el sol.

—Fa mala cara, senyor Turell —li repetien una vegada rere l'altra els companys.

I una velleta que venia cada dia a treure dues-centes pessetes per comprar-se pipes li deia:

—Vostè ja no és ni l'ombra del que era, senyor Turell. Deu dormir molt malament. Faci'm cas a mi: prengui's una tasseta de til·la i veurà com dorm com un angelet.

Això de l'ombra no va fer-li cap mena de gràcia al pobre senyor Turell.

Al vespre, telefonaria al detectiu per saber com anaven les investigacions.

9

RING, RING, RING, RIIIING!!!

El telèfon del detectiu sonava amb insistència. Ell intentava treure's el sabó que li regalimava pit avall, perquè estava dutxant-se. Per què el telèfon sempre sona quan més enfcinats cstcm!?

—Un moment, home, un moment! —es va exclamar el pobre detectiu.

I el telèfon, sense gens de compassió per la situació del detectiu, continuava fent la seva feina.

RING, RING, RIIIING!!!!!!!

El detectiu es va nuar, com va poder, una tovallola a la cintura. El camí de la dutxa al telèfon va quedar ple de petites gotes d'aigua amb sabó.

—Digui'm.

—Parlo amb el detectiu Pi? —va preguntar la veu impertinent del senyor Turell.

—Sí, sí, senyor Turell. Qui vol que sigui!

—Ah, no ho sé. Els detectius tenen una vida, com li ho diria, una mica embolicada. Vostè ja m'entén.

El detectiu el va tallar ràpidament.

—Vinga, vinga, digui'm què vol, que encara em constiparé.

El senyor Turell anava a preguntar-li si era possible constipar-se a ple estiu, però l'esbufec que va deixar anar el detectiu el va persuadir de deixar-ho córrer.

—Senyor Pi, ¿que en sap alguna cosa, de la meva pobra ombra?

—Encara no he descobert la causa d'aquest estrany robatori. Però ja sé que no es tracta de cap pèrdua. Ens trobem davant d'un robatori, del robatori del segle, senyor Turell. Animi's, cada minut que passa ens aproxima al feliç desenllaç.

—Si és per les pessetes, senyor Pi, ja sap que no ha d'estalviar cap recurs. Pagaré el que em digui, però trobi'm l'ombra.

—No tot es resol amb diners, no tot es resol traient la cartera. Paciència, paciència...

—Escolti'm, senyor Pi, la meva mare sempre em deia que jo era molt pacient. En canvi, el meu germà era incapaç de fer res que li suposés haver-se d'esperar. No va voler esperar el metge i es va morir d'un espasme. La meva mare li deia: «Et moriràs per culpa de la teva impaciència. El teu germà», o si-

gui jo, «sí que és pacient, fill meu», li repetia una vegada i una altra, «però tu portes un coet al cul, que t'enviarà a l'altre barri abans d'hora».

«Ja comença la simfonia», pensava el detectiu, que tenia l'orella calenta, de tanta estona d'estar enganxada a l'auricular del telèfon.

—Bé, senyor Pi, ja li telefonaré així que sàpiga alguna cosa. Bona nit, senyor Turell, passi-ho bé.

El senyor Turell semblava que no havia escoltat el que li havia dit el detectiu, perquè continuava amb les seves explicacions.

—El meu pobre germà va ensopegar i va caure per la finestra. Un cinquè pis. Imagini's: una coca. El porter va intentar ajudarlo i li va dir que havien avisat el metge, que s'esperés un momentet. Quan ell va sentir la paraula «esperar», es va incorporar i va dir: «Jo em moro. No puc esperar més». Va tenir un espasme i va complir la seva paraula. Perquè això sí que ho tenia, era molt complidor, sempre te'n podies refiar. I mai arribava tard. La puntualitat era una de les seves virtuts més accentuades...

—M'hauria agradat molt conèixer el seu germà, però ja he fet tard i ara també estic fent tard, no puc entretenir-me més. Bona nit, senyor Turell.

—Em penso que a ell també li hauria agradat poder-lo saludar. Li encantaven les persones valentes i decidides. Li agradaven els individus, com ara vostè, que saben fer de la vida una aventura constant, que no s'encongeixen davant de cap dificultat. En això sí que érem diferents. Jo sóc més aviat poruc, m'agrada fer sempre el mateix, les variacions més aviat em desconcerten, m'espanten. Què hi farem! Cadascú és com és.

Però això últim, el detectiu no ho va sentir, perquè havia penjat el telèfon.

10

EL DETECTIU PI es va preparar uns xoriços picants per sopar. Tenia un estómac de ferro, capaç de digerir qualsevol menjar. A la majoria de les persones ens és molt difícil posar-nos a pensar amb la panxa plena com una bóta. Més aviat ens agafa son; sobretot a l'estiu, quan els sentits s'endormisquen amb la calor.

En canvi, el detectiu Pi quan millor carburava era quan tenia l'estómac i els budells ben farcidets.

Un bon vi, uns xoricets, una truiteta de ceba i un gelat de vainilla, i endavant amb la reflexió!

Qui podia estar interessat a robar una ombra? Hi havia hagut més desaparicions? Per a què podia servir una ombra?

La primera pregunta era impossible de respondre amb les dades que tenia en aquell moment.

Per resoldre la segona, havia d'anar a la biblioteca i perdre-hi una bona estona repassant diaris per veure si trobava alguna cosa que li pogués donar una pista.

Per solucionar la tercera, calia imaginació. I qui hi havia que fos més imaginatiu que la bogeres de la Joana, la veïneta del pis de dalt, que sempre tenia el cap ple de pardals, però era més llesta que una fura?

Començaria per la tercera qüestió. Estava decidit.

Va obrir la finestra i va cridar a plens pulmons:

—JOOOOOAAAAANNNNNAAAAAA!

—Què li vol, a la meva filla, amb aquests crits? —va preguntar esverada la mare de la Joana, que no acabava d'acostumar-se a aquella manera tan escandalosa de demanar per algú. «Per a alguna cosa s'ha inventat el telèfon! Però aquests detectius estan una mica torrats», pensava ella.

—Que pot baixar? Ha d'ajudar-me a investigar un cas que tinc entre mans.

—No hi és, ara, però així que arribi li diré que baixi.

—Gràcies, senyora Pepa.

Mentre esperava la Joana, el detectiu es va posar a desparar taula i a rentar els plats del sopar d'aquell dia i tots els que tenia acumu-

GALETES
PATRO
NEGRITO
café

lats des de feia dos dies. Total: una bona platerada.

Quan estava fent esforços perquè una safata recobrés el seu color natural, va sonar el timbre. El detectiu va eixugar-se les mans amb el davantal i va anar a obrir la porta.

—Bona nit, senyor Pi. Quina mosca l'ha picat, avui?

—Hola, Joana. M'has d'ajudar. Necessito la teva col·laboració.

—Doncs apa, fem via, que avui fan una pel·lícula de gàngsters i no me la vull perdre.

—Tu, per a què la voldries, una ombra? —va preguntar el detectiu mentre s'encenia un puret.

La Joana se'l va mirar com si no hi fos tot i, sense pensar-s'ho gaire, va respondre:

—Així, de cop, per amagar-me del sol.

—Això no és cap resposta. Vull dir que és massa evident. No em serveix. No anirem enlloc si tot el que se t'acut és d'aquest estil.

—Vostè vol una resposta poètica?

—Au, digue-me'n una —va demanar el detectiu.

—Imagini's un país on sempre toca el sol. La gent que hi viu es desfà com una barra de mantega. El rei promet la mà de la seva filla a qui resolgui aquest problema. Un xicotet, el tercer fill d'una família pobra, com és habitual en aquesta mena de contes, emprèn un llarguíssim viatge ple de perills i no s'atura fins que aconsegueix tenir una capsa plena d'ombres. Les porta al poble, les dóna al rei i aquest compleix la paraula donada i el casa amb la seva filla. Tenen fills i filles rossos com el blat i amb ulls blaus, mengen anissos i confits... i conte contat, conte acabat. Què li sembla?

—No, no em convenç. Pensa més, dona.

—Ostres, senyor Pi! És que tinc una gana! —va exclamar la Joana amb cara d'afamada—. Em podria convidar a menjar alguna galeteta. Amb l'estómac buit no sé pensar.

—T'assembles a mi. Per això ens entenem tan bé. Si ho arribo a pensar abans, t'hauria guardat un parell de xoriços fregits.

Es va aixecar de la cadira i va anar a buscar una capsa de galetes que tenia per encetar.

La va obrir i, mentre la Joana hi saltava al damunt com una granota a la bassa, el detectiu Pi va aprofitar per preparar-se un cafetonet.

La Joana llepava amb deler una galeta de xocolata i anava parlant.

—Fol una explifafió més feal?

—Com dius?

—És que esfic faflant amb la foca flena.

—Doncs acaba, perquè així no hi ha qui t'entengui.

—Li preguntava si volia una explicació més real?

—Vinga, dispara.

—Imagini's un home que té una fàbrica clandestina, amagada qui sap on. Roba ombres per fer-les treballar sense haver de pagar cap sou. Elles no necessiten cobrar i ell es fa la barba d'or a costa de les desgraciades ombres.

—Home, aquesta explicació ja em convenç una mica més, però no m'acaba de fer el pes.

—Esperi's una mica. Potser menjant més em vindran més idees.

Mentre pensava no deixava de rosegar una galeta, aquesta vegada d'ametlles.

—Podria ser un home que tingués una paradeta de begudes a la platja i que volgués ampliar el negoci llogant ombres als banyistes. S'imagina aquella mena de gambes amb potes demanant un gelat o una beguda i una ombreta?

—No, no, Joana, aquesta possibilitat és impossible. Cridaria massa l'atenció. L'enxamparien molt aviat.

—Jo he acabat la corda, senyor Pi. Les galetes són molt bones, però ja no m'inspiren més —va contestar la Joana mentre es cruspia una d'aquelles de tres pisos.

—Se t'ha acabat la imaginació i t'acabaràs les galetes. Deixa'm apuntar a la meva llibreta que en compri més, de galetes, perquè si et torno a necessitar cal que tingui preparada la benzina que fa córrer el teu caparronet.

—Si se m'acut alguna cosa, la hi faré saber, senyor Pi.

—D'acord, Joana. I gràcies.

—A vostè, home, que les galetes són boníssimes.

—Les teves idees també. Alguna cosa en trauré, de tot el que m'has dit.

La Joana se'n va anar cap a casa seva per poder veure la pel·lícula i el detectiu es va asseure al seu balancí a pensar en tot el que li havia dit la Joana.

L'endemà caldria fer una visita a la biblioteca del barri per fullejar els diaris dels darrers mesos. Potser hi trobaria alguna cosa interessant.

11

LA SENYORETA ANNA SAGOL era la bibliotecària més trempada del barri on vivia el detectiu Pi.

Quan el va veure arribar es va posar molt contenta. El detectiu li agradava d'allò més, perquè sempre li explicava històries molt divertides i emocionants. A més a més, els detectius eren la seva flaca; els llibres d'en Sherlock Holmes eren els que més llegia.

L'Anna escrivia històries de crims i robatoris i les comentava amb el detectiu, de qui sempre rebia bons consells per aclarir els casos que s'inventava.

—Senyor Pi, quina sort veure'l per aquí. Estic escrivint un cas com un cabàs, un relat interessantíssim. Imagini's un avió a ple vol pel mig de l'Atlàntic. Els passatgers són gent diversa, cadascun amb alguna raresa, però sense exagerar. Es comet un assassinat. L'arma homicida sembla que és un dard emmetzinat. L'inspector Ferragut viatja a l'avió i inicia les investigacions abans que aquest aterri. Acaba descobrint el culpable: una dona de mitjana edat que es fa passar per una altra. Què li sembla?

—Bé, bé, però em recorda una novel·la de la senyora Agatha Christie que té un argument semblant.

—Què diu ara! —va exclamar la bibliotecària amb cara de nen enxampat posant el dit dins el pot de la melmelada—. Aquesta dona em pren totes les històries. N'està segur? ¿Se'n recorda, d'aquella vegada que vaig inventar-me un assassí que reunia tota una colla de poca-vergonyes en una residència allunyada de la civilització i els anava matant l'un darrere l'altre? Fins i tot arribava a suïcidar-se abans de liquidar-los a tots, però deixant els caps ben lligats perquè no en quedés ni un. Aquesta idea, també me la va copiar la senyora Christie.

—No s'amoïni, dona. Vostè continuï barrinant casos policíacs i un dia o altre se'n sortirà. Té una imaginació prodigiosa, sorprenent, meravellosa. Que pensi el mateix que la mare de la novel·la policíaca i sense haver-la llegit mai, com m'ha confessat diverses vegades, diu molt a favor seu, senyoreta Sagol. Vostè té fusta. No deixi que el desànim la venci.

L'assassí del MAX MIX
LLADRES i SERENOS

—Deixem de banda les meves novel·les i expliqui'm, sisplau, a què dec l'honor de la seva visita.

La senyoreta Sagol era molt educada, educadíssima. Parlava quatre llengües, sense comptar-hi el català i el castellà. Però el que més sorprenia era la seva prodigiosa memòria. Era capaç de recitar sense cap error poemes de quatre-cents versos i fragments sencers d'obres literàries. Sabia de memòria totes les cançons dels Beatles, les parades de tren que hi ha de Barcelona a Paredes de Nava, i recordava exactament qualsevol notícia que hagués llegit en un diari o en una revista.

Ella atribuïa aquesta gran memòria al fet que de petita va menjar moltes pastanagues, però em sembla que una cosa no té res a veure amb l'altra, perquè els conills en mengen moltes i no se sap de cap conill que pugui recitar els dies de la setmana o les estacions de l'any.

Quan la senyoreta Sagol es posava a pensar, els ulls se li empetitien fins a convertir-se en caps d'agulla i el nas se li posava vermell com si hagués begut un parell de copes de conyac.

—Senyoreta Sagol, voldria que m'ajudés en un cas que porto entre mans. L'altre dia em va visitar un home que li havien robat l'ombra. M'interessa molt saber si hi ha algun precedent que hagi arribat a la premsa.

La senyoreta Sagol va iniciar la seva metamorfosi. Els ulls se li tornaven com caps d'agulla i el nas com una brasa de foc viu. Anaven pel bon camí.

—Prengui nota.

El detectiu va treure la seva llibreteta i va anotar-hi tot el que li dictava la senyoreta Sagol, que de tan petits que tenia els ulls semblaven dues formigues.

—*Diari de Barcelona*, dia 14: Desaparició de l'ombra d'un vell xiprer del cementiri de Sarrià. Diari *Avui*, dia 17: Desaparició d'un munt d'ombres de gallina d'una granja del Maresme. *Diari de Barcelona*, dia 18: Desaparició de les ombres d'unes joguines d'un aparador del carrer Cardener. *Diari de Barcelona*, dia 20: Desaparició de dotze ombres del jardí de la Ciutadella. Una d'elles, la d'un gos en el moment que feia un pipí. La seva mestressa va tenir un desmai i el gos va bordar durant sis hores i divuit minuts. Diari *Avui*, dia 21: Desaparició de l'ombra d'una xemeneia d'una fàbrica del Poblenou. *Diari de Barcelona*, dia 22: Article del senyor Juli Palull, doctor en ciències polítiques i econòmiques, on explicava que aquells robatoris eren molt estranys, i més llavors, que tot just acabàvem d'entrar al Mercat Comú. Diari *Avui*, dia 24: Declaracions del cap de policia de Barcelona, que manifestava que tot estava controlat i que no hi havia cap motiu de preocupació. *Diari de Barcelona*, dia 25: Entrevista a un grup d'artistes que demanaven ajuda per localitzar les ombres que utilitzaven en el seu espectacle. «Si no les trobem», deien, «no podrem treballar».

El detectiu Pi va interrompre la llista que li relatava la senyoreta Sagol.

—I no recorda cap robatori d'ombres de persones?

—No, però fa un parell de dies va sortir al *Diari de Barcelona* un article de la senyora Mariona Escombrar, on reflexionava sobre aquest misteriós fenomen i afirmava que ella estava convençuda que hi havia hagut robatoris d'ombres de persones, però que la gent s'estimava més mantenir en secret aquests fets per por de passar per bojos. Aquest article es complementava amb un altre de la científica doctora Rosa Maria Remiris, que assegurava que les taques solars d'aquests darrers tres mesos pronosticaven possibles canvis en la lluminositat, que bé podien haver causat la desaparició momentània d'algunes ombres. Ella sostenia que les ombres continuaven existint, però que s'havien tornat totalment imperceptibles per a l'ull humà.

—Molt interessant, aquesta hipòtesi. ¿I vostè, que creu?

—Què vol que li digui! Jo estic segura que tot això són invencions de gent amb poca feina i que no deuen tenir gat per pentinar. Potser alguna agència publicitària que prepara una campanya...

—No, no, senyoreta Sagol, jo li puc garantir que l'home que em va visitar anava sense la seva ombra. Ell no en feia pas, de broma. Estava ben espantat. Li ho asseguro. Ens trobem davant d'un cas ben curiós, però jo sabré trobar la clau del misteri. N'estic ben convençut.

—Si hi ha misteri, no tinc cap dubte que vostè és la persona més indicada per resoldre'l —va assegurar la senyoreta Sagol. Els seus ulls ja tenien una mida més normal i el nas era rosat com una poma.

—Si surt alguna nova notícia, avisi'm. Li ho agrairé molt.

—No passi pena, senyor Pi.

Es van estrènyer la mà i el detectiu va fer una lleu inclinació de cap. Sabia que aquells rituals impressionaven molt favorablement un temperament tan refinat com el de la seva amiga bibliotecària.

—Molt bon dia, senyoreta Sagol.

—Molt bon dia, senyor Pi. I no es faci tan car de veure.

—Li prometo tenir-la informada de totes les meves investigacions.

El detectiu va sortir de la biblioteca amb un bon feix de dades per investigar. Alguna cosa li deia que estava molt a prop de descobrir el misteri que hi havia en aquells robatoris.

12

EL DETECTIU va anar a visitar la colla d'artistes a qui havien robat les ombres. Confiava que una xerradeta amb ells podria donar-li informació sobre el lladre d'ombres.

Els va trobar a la plaça del Pi, lloc habitual d'aquesta mena d'espectacles. El gran ull de l'església del Pi contemplava silenciosament tot el que succeïa als seus peus.

La plaça era plena de canalla que aplaudia una parella de pallassos que només feien que ensopegar l'un amb l'altre per acabar de nassos per terra.

El detectiu Pi va fer un tomb per la plaça i quan va veure tres nois asseguts a terra amb cara de pomes agres va endevinar que es tractava dels propietaris de les ombres desaparegudes.

Al costat tenien un teatret preparat, però no podien oferir cap espectacle. Això els feia estar molt tristos.

—Bona tarda.

I un d'ells, sense molestar-se a aixecar el cap, va dir:

—Ho deu ser per a vostè. Per a nosaltres no hi ha ni bona tarda, ni bona nit, ni bon dia.

El detectiu no es va deixar impressionar per aquella resposta tan pessimista i va continuar:

—No us heu de deixar vèncer per un mal moment. Us vinc a ajudar, però primer cal que m'ajudeu a mi. Sóc el detectiu Pi i Pi i voldria fer-vos algunes preguntes.

Quan els tres xicots van sentir la paraula «detectiu» es van alçar d'una revolada i van obrir els ulls de bat a bat com si haguessin rebut una pluja de bitllets de mil.

—Un detectiu de veritat? —va preguntar el que semblava portar la veu cantant.

—Sí —va contestar el detectiu—. Un detectiu de veritat, de carn i ossos. On podem parlar sense que ningú ens destorbi?

—Aquí darrere hi ha un bar molt tranquil.

—Doncs fem via, que és tard i vol ploure.

Mentre s'encaminaven cap al bar, els pallassos feien cantar tots els espectadors i passaven un barret perquè el públic hi deixés algun duret.

Quan van ser dins del bar, van asseure's en un racó, mig amagats de les mirades de tothom.

BAR

—Nois —va començar a parlar el detectiu—, a vosaltres us han pres les vostres ombres i no podeu treballar. Estic convençut que algú s'està aprofitant d'aquestes ombres per fer-ne qui sap què. M'heu d'ajudar a trobar aquest poca-vergonya per poder-lo engarjolar.

—Només ens ha de dir què hem de fer. Com pot comprendre, estem molt interessats a recuperar les ombres, perquè si no les trobem haurem de canviar d'ofici, i la veritat és que no sabem fer altra cosa.

—Amb una mica de sort no haureu de canviar de res.

Van demanar unes begudes i el detectiu Pi va insistir que mengessin alguna cosa perquè feien cara d'afamats. Tots tres van dir que no calia, però en vista de la insistència del senyor Pi es van cruspir uns entrepans de tonyina, uns de formatge i uns altres de pernil salat.

—Bé, comencem pel principi. Heu de recordar què va passar el dia del robatori. Procureu expicar-m'ho tot i d'una manera ordenada.

El més xerraire de tots tres va iniciar el relat d'aquella tarda nefasta.

—Eren les sis. Una parella cantava cançons acompanyant-se d'una guitarra molt afònica i nosaltres preparàvem el nostre escenari.

Sempre actuem els uns després dels altres. D'aquesta manera el públic pot veure tots els espectacles. No convé que ens trepitgem el terreny, perquè cada dia som més gent i el públic no augmenta pas gaire.

Mentre anava explicant el que havia passat aquella tarda, els altres dos engolien un panet darrere l'altre; semblaven aquells hàmsters que tot s'ho amaguen en un racó de la boca fins que s'inflen com globus.

—En Pere —que en aquell moment s'eixugava l'oli que li regalimava per la cara— va obrir la caixa on guardem les ombres i ens va dir que no hi eren. Nosaltres ens pensàvem que ens volia aixecar la camisa i ens vam posar a riure, però després vam veure que no ens estava prenent el pèl. Les ombres no hi eren. I sense ombres no hi ha garrofes. Vostè ja m'entén.

—Perdoneu —va intervenir el detectiu—. Jo em pensava que les ombres es feien amb la llum.

—Ah, no —va aclarir el garlaire del grup—. Això era abans. Ara venen ombres en llauna. Les nostres són d'aquestes. Així t'estalvies els focus i els llums, i et surt tot molt més econòmic.

—No ho hauria dit mai —va fer, incrèdul, el detectiu—. Però continueu explicant-me el que va passar.

—Bé, poca cosa més li podem dir. Vam regirar tots els nostres baguls per veure si les havíem posat en una caixa equivocada, però tot va ser inútil. Semblava com si la terra se les hagués empassat. Tampoc sabem amb seguretat quan van desaparèixer. El darrer espectacle el vam fer en una escola de Gràcia, i ens sembla que quan vam acabar el numeret les vam desar, com sempre fem. Però no n'estem del tot segurs.

—Jo sí que n'estic segur —va afirmar el que semblava el més ros de tots tres i que no havia parlat en tota l'estona.

—Per què dius que n'estàs segur? —va preguntar el detectiu.

—Perquè recordo perfectament que vaig entaforar les ombres dins la caixa. No hi volien entrar, perquè estaven molt excitades. Els nens i les nenes només feien que demanar que s'allargués el número i elles volien continuar fos com fos. Però jo em vaig sortir amb la meva. Les ombres van desaparèixer a la plaça.

—Les nostres ombres són molt entremaliades, però mai de la vida els hauria passat pel cap deixar-nos d'aquesta manera.

—O sigui que esteu convençuts que us les van prendre.

—I tant! Jo n'estic tan convençut com que aquest pernil salat no és de Jabugo ni de bon tros.

—I no recordeu ningú estrany que passegés vora vostre? —va preguntar el detectiu.

—No, em sembla que no.

—Ara que ho diu! —va exclamar el que semblava el més pelut de tots tres—. Hi havia un home vestit de negre que va estar donant voltes i que semblava un corb.

—Ah, sí, tens raó. Estava molt interessat a saber què feiem. Ens va donar una bona propina abans de començar l'espectacle.

—Feu memòria, nois. La pregunta que us faré ara és molt important: recordeu si es va quedar una estona sol amb la caixa on teníeu les ombres?

—Potser sí, però de totes maneres l'estona havia de ser molt curta, perquè no acostumem a deixar les nostres coses sense tenirhi un ull al damunt.

—Descriviu-me tot el que recordeu d'aquell misteriós personatge —va demanar el detectiu amb un to de veu que indicava que es trobava davant d'una bona pista.

—Només puc dir-li que anava vestit de negre.

—Heu de fer un esforç. Segur que podeu recordar més coses. Penseu que aquesta informació pot ser cabdal per retrobar el que us han robat.

—Portava una maleteta, negra també.

—I no era gaire alt.

—I era bastant prim.

—I tenia els ulls petits.

—I la boca grossa.

—No, no. La boca era petita i els ulls eren grossos.

—No, no. La boca no era ni grossa ni petita.

Tots tres van continuar discutint, contradient-se mútuament. El detectiu va veure que les informacions s'embolicaven i es va estimar més tallar en sec aquell orgue de gats.

—Bé, bé. Calleu una estona. Pel que veig, tots tres esteu d'acord que era un home vestit de negre amb un maletí, negre també.

Tots tres van fer que sí amb el cap.

—No està gens malament. Ara només falta trobar-lo.

—L'hem ajudat, senyor Pi?

—Moltíssim. Ara necessitem una goteta de sort. Ens tornarem a veure.

—Ja ho sap. Nosaltres no ens bellugarem de la plaça.

El detectiu va pagar el berenar i tots quatre van sortir cap al carrer. Una colla feien jocs malabars amb pilotes de tennis. La festa continuava.

13

El DETECTIU PI havia tingut un dia molt mogudet i estava una mica cansat. Quan va arribar a casa es va preparar un bon plat de musclos al vapor amb llimona i mentre sopava va voler veure qui entrevistava la famosíssima periodista Anna Rifes. Va pitjar el botó de la tele i hi va aparèixer la cara d'una senyora que anunciava escombretes de bany.

Anna Rifes era la presentadora de TV7 que tenia més èxit. Acostumava a fer entrevistes molt curioses, fora d'allò que considerem normal. Perquè us feu càrrec de la mena de personatges que portava al seu programa, us faré cinc cèntims d'uns quants:

La senyora Mercè Fucsià, inventora de les truites de plàstic. Són ideals per a aquelles persones que es volen aprimar. Segueixes tot el ritual necessari per fer-te una truita, però no te la pots menjar.

La senyoreta Josefina Camotes, campiona nacional dels cent metres cap endarrere, nova modalitat olímpica.

La senyora Núria Portal i Quebella, inventora de les bosses cangur. Consisteixen en un cangur de veritat. La bèstia acompanya el senyor o la senyora quan van a comprar, fent simpàtics saltironets. Tot el que es compra es diposita dins la bossa del cangur. També entretenen els nens i les nenes abans d'anar a dormir. Cada dia han de menjar deu quilos d'herba fresca. La publicitat d'aquest sistema diu: «Provi'l, compari'l i, si troba res millor, llenci'l».

Un gall despertador que canta *La traviata, La bohème* o *Aida*, a gust del consumidor o consumidora.

La senyoreta Pili Boltren, dissenyadora de les nines Carxofa. Aquestes nines fan pipi, caca, suen, tenen mocs i no deixen dormir a les nits. En poc temps se n'han venut més de mig milió.

En Floquet de Neu, sense cap dubte el goril·la més famós del món. En aquest programa, el goril·la va confessar davant de les càmeres que volia ser diputat del Parlament català en representació de tots els animals del zoològic. Es veu que ningú no els defensa i ell es considera l'animal més ben preparat per dur a terme aquesta tasca.

La senyora Pilar Fruits, inventora del raspall de dents multifamiliar. Té pelets pertot arreu i tot és qüestió d'encertar-ne el costat que et toca. Amb aquest invent s'evita tenir el got del lavabo ple de raspalls de colors diferents. És ideal per a les famílies nombroses.

Una vaca que fa llet sense gota d'aigua. Sembla mentida, però n'hi ha una.

La senyora Montserrat Amiga de l'Amat i Amada de l'Amic, presidenta de la Societat Protectora de les Cuques de Llum. Aquesta senyora va demostrar que era molt necessària una legislació per protegir aquesta espècie de cuques i va recordar, amb els ulls inflamats per la passió, que ni en ple Montseny no se'n troben, de cuques de llum.

El faquir Ravif Pat-Pet Ghondy Tu, que dorm en un matalàs fet de formatgets.

El senyor Joan Fiambres, jugador del Futbol Club Barcelona, que en un sol partit va marcar quinze gols a la seva porteria. I tot sol, que té molt mèrit.

La doctora Marta Cofina, descobridora dels supositoris que es prenen per la boca.

La comunitat Girapal-Rodira, propietària d'un hort on en lloc de tomaqueres hi ha gavines.

El senyor Jordi Tomenys, l'únic home del món capaç de comptar des del mil fins a l'u amb la boca plena d'aigua mineral amb gas.

Els mestres de l'Escola Babar, que poden passar-se cinc hores seguides rient com ximples. Com que el programa dura mitja hora, no va haver-hi manera que responguessin cap pregunta de les que els feia la genial locutora, perquè no paraven de riure.

Qui entrevistaria aquell vespre?, es preguntava el detectiu Pi.

A la pantalla va aparèixer l'entrevistadora. Portava un vestit groc que li arribava fins als peus i els cabells recollits en tres pisos de castanyes, com una ensaïmada de Mallorca. Lluïa, com sempre, el seu somriure obert i engrescador.

Bona, bona niiiit, bona niiiit, estiiimats televiiidents iiii estiiiiimades televiiidentes. Deixeu-ho tot: els plats bruts, els nens a miiig dormiiiir, les deixalles per recolliiiiir, el sopar a taula... Tot, deixeu-ho tot iiii asseieuvos còmodament davant de la màgiiiica pantalleta. Contempleu meravellats la meravella d'aquest vespre.

(La genial locutora tenia la mania d'allargar innecessàriament les is.)

Música de xim-xim-pom, xim-xim-pum.

Del fons del plató es va acostar un home vestit de negre. L'acompanyaven un parell de nois vestits de patges. Cadascun portava un coixí vermell amb serrells de color verd pruna. Damunt dels coixins hi havia uns bolígrafs, també de color negre, que la càmera va enfocar en un primer pla.

El detectiu es va quedar molt parat quan va veure aquell home tot vestit de negre. En el seu cervell va començar a prendre forma una sospita: tenia alguna relació aquell home tot vestit de negre amb el misteriós lladre d'ombres?

Els ulls del detectiu es van aturar damunt del sospitós. Va espiar els seus moviments com si l'estigués fitant per una finestra.

Altra vegada la seva intuïció. Alguna cosa li deia que estava molt a prop de descobrir l'entrellat d'aquell misteri.

El convidat es va asseure en una magnífica butaca i Anna Rifes el va presentar:

—Aquesta nit, teniiim amb nosaltres el senyor EMIIILIII RECASENS!!!... Què ha fet el senyor Recasens per merèixer l'honor de partiiiciiipar en el nostre programa? Més ben dit, què ha fet el senyor Recasens per merèixer l'honor de partiiiciiipar en el meu programa?

La paraula «meu» va sonar com un cop sec de timbal.

—Jo els ho expliiicaré, però hauran de teniiiir uns minuts de paciiiènciiia, perquè hem de deixar pas a la publiiiiciiiitat. No es moguin de la cadiiiira, del sofà, de la còmoda i flonja butaca. Torno ara mateix.

I vinga anuncis de senyors olímpics en calçotets que s'afaitaven davant d'unes senyores olímpiques en combinació. Quan acabaven d'afaitar-se, les senyores olímpiques feien un petonet a les galtes afaitades dels senyors olímpics.

I vinga anuncis de cotxes que corrien, volaven, lliscaven, relliscaven, patinaven, pujaven baixades, baixaven pujades, carregaven famílies senceres: el pare, la mare, tres fills, els avis, les àvies, els besavis i les besàvies, la tieta, la cunyada, la veïna del principal, la portera, el gos, el gat, el canari, la tortuga, l'hàmster, testos amb plantes florides, maletes, bosses, esquís, la planxa de surf, la canya de pescar i un munt de coses inclassificables.

I vinga anuncis de senyores amb vestits de nit, elegantíssimes i bellíssimes, que netejaven els vidres de les finestres, el terra de la cuina, els plats del sopar, els mobles del rebedor, els retrats de sobre el piano, els prestatges de la llibreria, els lloms dels llibres, les figures de porcellana... I tot amb el mateix producte, que tenia un color de gos com fuig que feia por. Les mestresses de casa en qüestió cridaven les veïnes i aquestes deien: «Oh, que net que t'ha quedat tot!».

I vinga anuncis de vídeos, d'aparells informàtics, de televisors, de neveres, de rentadores, de cuines, de rostidors, de planxes de vapor, de trituradores, de fregidores... fins que acabaves ben fregit i ben triturat.

I vinga anuncis de pantalons, de vestits de bany, de faldilles, de mitges i mitjons, de sabates i espardenyes...

I vinga anuncis de begudes que fan agafar més set i més begudes i més set i més begudes i més set... I apa, a beure més encara! Tothom reia i ensenyava les dents i semblava que s'ho passessin pipa.

Després de la tanda d'anuncis, va tornar a aparèixer la insuperable Anna Rifes amb el seu indescriptible somriure de pam:

—¿Estan nerviosos, estiiimades i estiiimats televiiidents? Estan neguitosos? Ansiosos? Exciiitats? Iiiimpacients? Inquiets? Emocionats? Bellugadiiissos? HIIISTÈRIIIICS? No els faciii vergonya reconèixer que estan hiiistèriiics, perquè encara no saben què ens porta aquest vespre el senyor Emiiiliiii Recasens. La cosa s'ho val. Però hauran d'esperar uns breus moments, perquè hem de deixar passar uns anunciiiis publiiiciiiitariiiis. Fiiiins ara!

I vinga anuncis de pastes de sopa, ampolles de llet, iogurts, formatges pudents, formatges perfumats, xocolates blanques, xocolates negres, xocolates amb llet...

I vinga anuncis de la Generalitat, de l'Ajuntament, de caixes d'estalvis, de la Creu

Roja, de l'ONCE, de bancs, de cases d'assegurances...

I vinga anuncis de cigarrets amb filtre, sense filtre, amb nicotina, sense nicotina, cigarrets mortals per al consumidor i per al consumit, cigarrets venials, cigarrets negres, rossos, grisos...

Tot seguit van tornar la veu i l'esplèndida figura d'Anna Rifes.

—Ha arriiiibat el moment tan somiiiiat!

Música de xim-xim-pom, xim-xim-pum.

—Ha arriiiiibat el moment tan esperat!

Música de xim-pata-xim-xim-pom, xim-pata-xim-xim-pum.

—Senyor Recasens, què ens porta en aquesta plàciiida i tranquiiiiil·la niiiiit? Pensiiii que siiis miiiiliiions de persones l'escolten iiii el veuen. Què diiiic, pobra de miii! Cent miiiiiiliiiiions! Perquè TV7 emet per a tot Europa i per als catalans de més enllà de l'Atlàntiiiic iii del Pacíííífiiic.

El senyor Recasens va mirar amb ulls de fera ferotge i va exclamar:

—He inventat un bolígraf que porta una càrrega que no s'acaba mai.

Música de pata-xim, pata-xam, xim-xim-pom, xim-xim-pum.

I cent noies i cent nois van sortir a ballar i a fer cabrioles, portant un bolígraf al cap com si fos la ploma d'un indi.

—Siií, siiiií, estiiimats i estiiimades. Tal com ho han sentit. Un boliiiígraf, UN BOLIIII ETERN! Iiii ara la pregunta que tots vostès s'estan fent des de casa seva! Com ho ha aconseguit? Quin és el seu secret? Però calliiii, estiiimat senyor Recasens. No contesti encara, perquè ens aviiisen que ara ve una tanda d'anunciiiis.

I vinga anuncis de joguines de nens, de nenes, de gossos, de gats, de foques, de cocodrils, de mosques i de mosquits.

I vinga anuncis de medicaments contra el mal de cap, el mal de peus, el mal de panxa, el mal de fetge, el mal d'ull, el mal d'orella, el mal d'ossos, el mal d'ungles...

I vinga anuncis d'enciclopèdies, de fascicles de jardineria, de bricolatge, d'automobilisme, d'armes atòmiques, d'armes blanques, de guerres curtes, de guerres llargues, d'incendis, de terratrèmols, de tota mena de gràcies i desgràcies...

Però, a la fi, va tornar la programació.

El senyor Recasens va intervenir:

—Benvolguda Anna, m'haurà de perdonar, però no puc explicar el meu secret a ningú. Ho sento.

Música de tararí, tararà. Pata-xim-ximpom, pata-xim-xim-pum.

I la presentadora, la inflamable Anna Rifes, va cridar:

—MAGNIIIFIIICA RESPOSTA, SENYORES III SENYORS! Aquiiií acaba el nostre programa d'avui. Espero tornar-los a veure diiissabte que ve. Adéu-siau.

I, mentre apareixien les lletres del final del programa, el senyor Pi observaba amb el seu ull de detectiu experimentat com el senyor Recasens es ficava la mà a la butxaca de l'americana i en treia un petit aparell que li va semblar que xuclava alguna cosa. De sobte, va veure que l'ombra de les castanyes de la presentadora havia desaparegut.

L'home de negre va fer el robatori tan de pressa i amb tanta precisió que ningú del plató no se'n va adonar.

El detectiu no es va acabar el sopar. Va baixar les escales precipitadament i va aturar un taxi.

—Porti'm a TV7. De pressa!

«Aquest home va embalat», va pensar el taxista.

—Si arribem a TV7 en menys de cinc minuts, li donaré una bona propina.

El taxista va arrufar el nas, s'arrapà al volant i va pitjar a fons l'accelerador. Va anar de poc que el peu no li sortís pel terra del taxi. Va travessar la ciutat a una velocitat increïble.

Als revolts, el detectiu anava d'un costat a l'altre com una oliva dins d'una boca sense dents. Més d'una vegada va topar de cap

contra el vidre. Quan el taxi va frenar davant de l'esplanada dels estudis de TV7, el detectiu Pi tenia cinc nyanyos.

Van arribar just quan el senyor Recasens pujava al seu cotxe negre.

El detectiu va observar els moviments del senyor Recasens.

El bandit va somriure, fent una ganyota plena de mals averanys.

—Segueixi aquest cotxe —va ordenar el detectiu al taxista.

—Hi haurà més propina? —va preguntar interessadament el taxista.

—Sí, però no badi.

I, com si juguessin al gat i la rata, el taxi va començar a perseguir el cotxe del senyor Recasens.

La persecució va ser fàcil, perquè el senyor Recasens no sospitava que el qui li anava al darrere era el famós detectiu Pi i Pi.

Al cap d'una bona estona, el cotxe del senyor Recasens es va aturar. El taxista també es va parar. El detectiu li va pagar l'import del trajecte i una bona propina, i el taxi va girar cua.

El detectiu espiava tots els moviments del senyor Recasens sense perdre-se'n cap detall. El cor li bategava com un timbal de guerra.

14

LA CASA DEL LLADRE D'OMBRES es trobava als afores de la ciutat. Era una mansió senyorívola rodejada d'un ampli i exuberant jardí.

Tenia dos pisos. No m'entretindré gaire a descriure'n les habitacions, perquè no ens aportarien cap dada interessant per treure l'entrellat del nostre cas. Però he d'explicar-vos com era el soterrani, perquè allí hi havia la clau del misteri.

Era una sala espaiosa i molt ben il·luminada amb tota mena de bombetes i de focus.

Al mig s'hi alçava una olla de pressió gegant que estava connectada a l'electricitat per més de cent cables. A l'olla hi havia un broc petit, com el d'un càntir però més ample de la punta, per on degotava un suc negre i espès. El liquid queia dins unes càpsules, que circulaven per una cinta transportadora que no s'aturava mai.

Quan cada càpsula era plena d'aquell suc, una mà metàl·lica l'agafava i, tot seguit, la introduïa en un embolcall de plàstic acabat en punxa. Vaja, que de tot aquell procés n'acabava sortint un bolígraf.

El detectiu no podia creure el que contemplaven els seus ulls. Es trobava dins d'una fàbrica clandestina de bolígrafs que funcionaven amb una tinta feta amb les ombres que el malèvol personatge de negre robava allí on podia.

A la sala del costat hi havia molts cordills d'estendre, d'on penjaven dotzenes d'ombres de tota mena: ombres de joguines, d'arbres, d'edificis, d'animals salvatges i domèstics, ombres de primera hora de la tarda, ombres de matinada davant del mar, ombres tènues com fils de seda, ombres brillants com si la lluna les estigués banyant, ombres porugues, acoquinades, ombres silencioses, emmudides per la por, ombres tristes, amb cara de pena...

En una de les rengleres d'ombres hi havia la del senyor Turell. Quan va veure que el detectiu Pi s'acostava, va fer un moviment violent, com si volgués defensar-se del seu salvador. Les ombres que hi havia al costat també es van esverar. El detectiu les va tranquil·litzar:

—No tingueu por. He vingut a rescatar-vos. No feu soroll.

I, a continuació, es va dedicar a despenjar-les dels cordills. Un cop deslligades, començaven a córrer com boges buscant la sortida del soterrani.

A mesura que sortien de la casa s'escampaven per tota la ciutat, i s'arrapaven als seus propietaris així que els trobaven.

La gent de la ciutat es van quedar bocabadats veient com, de cop i volta, els carrers i les places s'omplien de taques negres que anaven agafant la forma dels edificis, dels arbres dels parcs, de les bestioles i fins i tot d'algunes persones, que saltaven d'alegria en retrobar-se amb les seves velles amigues. Els que es van posar més contents van ser la colla d'artistes, que aviat podrien tornar a representar les seves obres.

L'ombra del senyor Turell i el detectiu Pi van tardar una mica més a sortir. El detectiu Pi volia aturar la màquina, però no en trobava l'interruptor. Una veu fosca, com el vestit que portava el que la feia, el va sorprendre:

—No cal que s'escarrassi a buscar la manera de parar la meva màquina, maleït detectiu! Ha descobert la meva fàbrica, però no sortirà viu d'aquest cau. Deixaré passar uns dies perquè els ànims es tranquil·litzin i la gent oblidi el que ha passat i tornaré a buscar la primera matèria que necessito per fer anar el meu invent. I del seu cos, senyor Pi, i d'aquesta estúpida ombra no se'n cantarà ni gall ni gallina.

El misteriós personatge encanonava al detectiu amb una pistola que semblava d'aigua; però, davant el dubte, valia més no fer comprovacions. Calia actuar de pressa, però el cervell del detectiu no acabava de trobar la manera de sortir d'aquell mal tràngol. Va pensar que era preferible guanyar temps per veure si se li acudia alguna solució que li permetés vèncer l'enemic.

—D'acord, senyor...

—Recasens, Emili Recasens i Vázquez de la Dehesa, per servir-lo.

—Vostè guanya, senyor Recasens i Pérez de la Conesa.

—No, no. Vázquez de la Dehesa —va aclarir el bandit.

—Ah, perdoni, senyor Recasens i Vázquez de la Devesa.

—No, no, no i no! Vázquez de la Dehesa, de la Dehesa!

—Perdoni la meva poca memòria, senyor Recasens i Recasens de la Devesa i Vázquez.

—M'està posant nerviós, senyor Ti, i en aquestes circumstàncies no li convé que jo perdi els estreps.

—Ara és vostè qui s'equivoca. Sóc el seyor Pi i Pi.

—Bé, tant se val, senyor Pi i Pi.

—Sento estar-hi en desacord. Si he de morir, m'agradaria fer-ho amb el meu nom. Em dic Pi i Pi, Narcís de nom.

—En aquests moments el nom val ben poca cosa, senyor Pi i Pi.

—Narcís Pi i Pi.

—Bé, senyor Narcís Pi i Pi.

—Perdoni la pregunta: com m'ha dit que es diu?

—Em dic Emili Recasens i Vázquez de la Dehesa.

—Ara espero poder dir-ho correctament: Emili Recasens i Vázquez de la Deesa.

—Amb hac intercalada, senyor Pi.

—Però la hac és muda, senyor Recasens i Vázquez de la Deesa.

—No és ben bé el mateix, però deixem-ho córrer.

—Ah no, senyor Recasens i Vázquez de la Deesa. De petit em van ensenyar que la hac és muda i ara em surt vostè amb aquest estirabot. Li exigeixo que m'expliqui per quins set sous la seva hac sona.

—Vostè no pot exigir res, perquè aviat serà mort.

—Puc demanar-li un favor abans de morir?

—I tant, home, i tant! Sóc mala persona, però no podria negar res a un condemnat a mort.

DUBLE GUBLE
XICLET ©

—Haig d'acceptar la meva derrota. Però, abans de matar-me, m'agradaria que m'expliqués com s'ho ha fet per robar les ombres i convertir-les en tinta.

—L'eterna curiositat dels detectius! Si té aquest desig, el seu darrer desig —va remarcar aquestes paraules—, l'hi satisfaré ara mateix.

Va acostar-se una cadira i es va asseure.

—Posi's davant meu i mantingui les mans alçades, no sigui cas que el meu dit s'atabali i pitgi el gallet abans d'hora... Jo sóc un inventor. Un geni. Un savi, un gran savi. M'he dedicat durant molts anys a estudiar la composició de les ombres. Vaig descobrir que, a una temperatura precisa que no penso revelar, les ombres es convertien en un líquid espès i fosc que no perdia mai la seva intensitat. Vaig construir aquesta màquina, que pot contemplar abans de tancar els ulls per sempre, i vaig passar una llarga temporada robant ombres. Com que de diners no me'n falten, vaig anar a molts llocs, i com més llunyans millor per no aixecar cap sospita. D'aquesta manera evitava que ningú investigués. He fet molt bé la feina, si l'hem de jutjar pels resultats obtinguts. Quan algú ha decidit fer alguna cosa per recuperar la seva ombra i n'ha comunicat la desaparició a la policia, l'han pres per ximple. La policia només fa cas del que pot entendre. Vostè és diferent, té una intel·ligència semblant a la meva. He de reconèixer que em sap greu posar fi a la seva vida, però no em queda altre remei. Darrerament em vaig començar a preocupar perquè algun diari sensacionalista s'havia fet ressò de la desaparició d'alguna ombra cèlebre, com ara la de la porxada de les Drassanes o la del monument de mossèn Cinto. Eren ombres tan riques en les substàncies que necessito per a les meves investigacions, que no em vaig poder estar de robar-les.

Mentre el senyor Recasens relatava la seva història, el cervell del detectiu buscava una sortida a la seva galdosa situació.

—Potser he comès algun error, però ara ja està fet. Tinc prou bolígrafs per poder reposar una llarga temporada. Quan la gent s'hagi oblidat de les desaparicions, tornaré a actuar. Vostè m'ha perjudicat deixant anar les ombres que tenia destinades al sacrifici. He calculat que perdré un centenar de bolígrafs. Poca cosa, si ho comparem amb el que vostè perdrà: la vida.

I, quan va dir això, la cara se li va arrugar tota.

—Permeti'm una pregunta, senyor Recasens. ¿Recorda la manera com va robar l'ombra del senyor Turell, un home una mica emprenyador que seia en un bar prop de l'Escullera?

—Ah, sí! Va ser molt senzill. La seva ombra estava tipa de compartir la vida amb un home com aquell. N'estava molt desenganxada. Ho vaig veure de seguida. Només em va caldre acostar-m'hi i enfocar-li el tub del meu miniaspirador d'ombres. Quan la vaig haver xuclat, la vaig introduir en una maleta i me'n vaig anar a casa tot passejant, per no cridar l'atenció.

—Ja ho deia jo —va dir el senyor Pi—. L'ombra del senyor Turell devia estar ben farta de viure al costat d'un home com ell, tan xerraire.

—Hi ha ombres molt fàcils de pispar —va assegurar el senyor Recasens—. La seva és tot un repte. Es veu que se l'estima, a vostè. És una ombra feliç. Està tan ben arrapada als seus peus, que sembla que s'hi vulgui fondre, amb vostè. Em costaria molt emportar-mela. Però, un cop vostè sigui mort, la hi prendré i passarà per la pedra com les altres... Tinc curiositat de saber com s'ho ha fet per descobrir-me.

—He vist per televisió com xuclava amb aquesta trompeteta l'ombra del pentinat de la presentadora.

—No he pogut resistir a la temptació. Era un risc, però no he pogut evitar-ho. Una im-

prudència, ara ho veig, que no tindrà, però, cap conseqüència. En canvi, a vostè li costarà la vida, la seva imprudència.

—Escolti'm, senyor Recasens, voldria demanar-li un altre favor. Permeti'm que abans de morir mastegui un xiclet de maduixa que porto a la butxaca. És la meva passió secreta i m'ajudarà a morir bé.

—No intenti fer cap jugadeta. Per cert, ¿que en té un parell, de xiclets? A mi també em fan tornar boig els xiclets de maduixa i, com que duc dents postisses, no hi tinc res a perdre.

El detectiu va ficar-se la mà a la butxaca.

—No faci cap gest violent o és home mort.

Amb molta finesa, el detectiu va treure un parell de xiclets. En va desembolicar un i va donar l'altre al senyor Recasens, que ja allargava la mà, peluda i inquietant.

—Aquesta ombra que vostè ha salvat, més ben dit, que vostè volia salvar, és de molt bona qualitat. Com més desgraciades són, més bon material aporten. És l'ombra d'un home meticulós, més avorrit que un semàfor al mig del mar i molt llauna, segons les anàlisis a què l'he sotmesa. Són d'una classe superior, les d'aquesta mena. Però les que donen més bon resultat són les de les gallines, i encara no he descobert per què. Deu ser perquè s'esvaloten massa i fan molt de xivarri.

15

QUAN EL DETECTIU va arribar a casa seva, va telefonar al senyor Turell per fer-li saber que el cas estava resolt.

—Felicitats, senyor Pi. No sap l'alegria que em dóna aquesta notícia. Ara mateix vinc a buscar l'ombra i a pagar-li les despeses i els honoraris. Se'ls ha ben guanyat. Per cert, senyor Pi, ¿té planxa, vostè?

—Sí, és clar, però per què...

No va tenir temps d'acabar de fer la pregunta perquè el senyor Turell ja havia penjat el telèfon.

Al cap d'uns vint minuts, el senyor Turell trucava a la porta del pis del detectiu.

La trobada entre l'ombra i el seu propietari va ser molt emocionant. Tots dos es van abraçar i es van posar a plorar d'alegria.

—Estàs més prima —va dir el senyor Turell a la seva companya, mirant-se-la de dalt a baix—. T'han tractat malament, oi?

L'ombra no va contestar, perquè no sabia parlar, però va fer uns quants gestos que semblaven explicar les peripècies que havia passat.

—Com vol que s'hagi aprimat! —va intervenir el detectiu—. No veu que és una còpia exacta de vostè!

—¿Vol dir, senyor Pi? Jo la veig més prima. Sempre ha estat delicada de salut i aquests dies d'angúnies la deuen haver deixat feta un nyap.

I, mentre deia això, l'acariciava com si fos un gat falder.

—Em vol deixar la planxa i la post, si no és abusar massa de la seva amabilitat!

El detectiu, carregat de paciència, va anar a buscar el que li demanava.

—Porti'm també una miqueta d'aigua, sisplau.

El senyor Turell va esquitxar l'ombra amb unes quantes gotetes d'aigua, la va estirar amb molta cura damunt la post i la va deixar ben planxada.

Quan li va haver tret les arrugues, se la va enganxar als peus i va començar a fer gestos per veure si l'ombra no s'havia oblidat de la seva feina.

Un cop comprovat que tot estava en ordre, el senyor Turell va donar un xec al detectiu per pagar-li la feina i, després d'agrair-li tots els esforços que havia fet, va girar cua i ell i l'ombra van desaparèixer escales avall.

El detectiu Pi es va acostar a la finestra i va veure com el senyor Turell i la seva ombra caminaven tot saltironant cap a casa seva. Començava a caure una pluja fina com uns cabells de nina.

16

L'ENDEMÀ, tots els diaris portaven, a la primera plana, la feliç notícia:

EL DETECTIU PI ACONSEGUEIX RESOLDRE EL MISTERI DE LES OMBRES DESAPAREGUDES. LA CIUTAT RECUPERA LA SEVA FESOMIA EN TORNAR TOTES LES OMBRES AL SEU LLOC HABITUAL. EL LLADREGOT PASSA A DISPOSICIÓ JUDICIAL.

Una altra vegada la intel·ligència i els dots d'observació del detectiu Pi i Pi han resolt un problema que començava a inquietar la plàcida vida dels barcelonins. El presumpte culpable, el senyor Emili Recasens i Vázquez de la Dehesa, havia raptat moltes ombres per convertir-les en la tinta que alimentava els seus bolígrafs. La ciutat de Barcelona té un altre deute amb el seu detectiu.

Ens plau informar que l'alcalde ha decidit atorgar-li la Medalla de la Ciutat i que el president de la Generalitat ha inclòs el nom del famós detectiu a la llista de personalitats que enguany rebran la Creu de Sant Jordi.

Des d'aquest diari volem fer arribar al detectiu Pi la nostra més cordial enhorabona.

**SI T'HA AGRADAT AQUEST LLIBRE,
POTS LLEGIR D'AQUESTA MATEIXA COL·LECCIÓ...**

32 ***A les golfes en passa alguna***
Avi
A en Kenny no li fa gaire gràcia anar-se'n a viure a l'altra punta del país. Però en arribar-hi descobreix que el canvi ha valgut la pena. La casa nova, un casalot antic, té unes golfes on passen unes coses molt estranyes.

41 ***Contes per paraules***
Agustín Fernández Paz
Recull d'històries inspirades en anuncis per paraules com els que podem trobar cada dia al diari. A partir de la informació que hi ha en els anuncis, l'autor crea un seguit de personatges molt particulars que es mouen entre la realitat, la mitologia i la fantasia.

46 ***Assassinat a la casa de nines***
Betty Ren Wright
Cada cop que l'Amy puja de nit a les golfes, la casa de nines té tots els llums encesos i s'hi senten sorolls a dintre. Aleshores vol descobrir quina relació té això amb els fets que va viure la seva família fa temps.

57 ***Esfuma't, Gaudenci!***
Maite Carranza
En Gaudenci somiatruites és un noi de dotze anys que intenta descobrir la raó de la seva existència i, encara que està convençut que és un geni, de vegades sospita que ha vingut a parar a aquest món per equivocació.

i també...

65 ***El malefici de la mòmia***
Kate McMullan
Tot comença amb una visita a la sala d'art egipci del Museu d'Art Metropolità de Nova York. La mòmia envia missatges a en Peter, la dona d'ulls de foc el persegueix, el gos no el deixa en pau... El noi no sap què passa.

66 ***El príncep Alí***
Emili Teixidor
En Pere acompanya els seus pares a una conferència sobre immigració disfressat de príncep àrab. El que en principi semblava un acte ben avorrit es converteix en una autèntica aventura a partir del moment que el noi és segrestat perquè el confonen amb el príncep Alí.

72 ***La pedra màgica***
Miquel Fañanàs
Un espectacular robatori al Palau de la Virreina i una troballa insòlita en un contenidor de brossa fan que el famós diamant Tiffany de Nova York es converteixi en una pedra màgica a la Barcelona postolímpica. En Daniel i els seus amics tenen un seguit d'ensurts i sorpreses en aquesta història.

107 ***Operació Nova York***
Judy Allen
La Jo i la Ruth treballen en una agència de viatges i són especialistes a ficar-se en tota mena d'embolics tan bon punt arriben a una ciutat nova. Ara són a Nova York i, com altres vegades, sospiten que alguna cosa no rutlla i comencen a investigar.